GATO y PERRO

por Else Holmelund Minarik

Dibujos de Fritz Siebel

Traducido al español por Argentina Palacios

SCHOLASTIC BOOK SERVICES

NEW YORK • TORONTO • LONDON • AUCKLAND • SYDNEY • TOKYO

This book belongs to

_____

ISBN: 0-590-05416-3

Text copyright © 1960 by Else Holmelund Minarik. Pictures copyright © 1960 by Fritz Siebel. Translation copyright © 1978 by Scholastic Magazines, Inc. All rights reserved. This edition is published by Scholastic Book Services, a division of Scholastic Magazines, Inc. by arrangement with Harper & Row, Publishers, Inc.

12 11 10 9 8 7 6 5 4 3   0 1 2 3/8

Printed in the U.S.A.   07

GATO y PERRO

—¡Jau! ¡Jau!

Baja de la cama,

gato, gato.

Si no, haré de ti

una bola de gato,

lo haré, lo haré.

—Miau, miau.

Sí, bajaré,

lo haré, lo haré.

—¡Jau! ¡Jau!

Baja de la silla,

gato, gato.

Si no, haré de ti

un abrigo de gato,

lo haré, lo haré.

—Miau, miau.

Sí, bajaré,

lo haré, lo haré.

—¡Jau! ¡Jau!

Baja de la mesa,

gato, gato.

Si no, haré de ti

un pastel de gato,

lo haré, lo haré.

—Miau, miau.

Ven y alcánzame,

perro, perro,

si es que puedes,

si es que puedes.

— ¡Basta! ¡Basta!

Bajen de la mesa,

perro tonto,

gato tonto.

¡Animales en la mesa!

¡Dios mío!

¡Qué ocurrencia!

—Miau —Miau.

Sal del agua,

perro, perro,

que vas a mojar la casa.

Lo harás, lo harás.

—¡Jau! ¡Jau!

Aquí vengo yo.

Aquí vengo yo.

—Miau —Miau.

Sal del jardín,

perro, perro,

que te van a amarrar.

Lo harán, lo harán.

—¡Jau! ¡Jau!

Aquí vengo yo.

Ya vengo.

—Miau —Miau.

Aquí hay huesos,

perro, perro.

Sácalos.

Sácalos.

—¡Jau! ¡Jau!

Huesos para mí

—y para ti.

Huesos para nosotros dos,

—¡Basta! ¡Basta!

Gato tonto,

perro tonto,

¿qué les pasa?

—¿Tienen tanta hambre?

Bueno, entonces,

les daré de comer.

—¿Ahora sí están contentos?

¡Qué bien!